AF325203

Vente du Mercredi 9 Janvier 1878.

HOTEL DROUOT, SALLE N° 3

BIJOUX, MINIATURES

ORFÉVRERIE

EXPOSITION PUBLIQUE : le Mardi 8 Janvier 1878

DE UNE HEURE A CINQ HEURES.

<table>
<tr><td>COMMISSAIRE-PRISEUR</td><td></td><td>EXPERT</td></tr>
<tr><td>M^e CH. PILLET,</td><td></td><td>M. CH. MANNHEIM</td></tr>
<tr><td>10, rue de la Grange-Batelière.</td><td></td><td>7, rue Saint-Georges.</td></tr>
</table>

CATALOGUE

DE

BIJOUX ANCIENS, MINIATURES

Émaux peints — Aquarelles

Orfévrerie ancienne

OBJETS VARIÉS

DONT LA VENTE AURA LIEU

HOTEL DROUOT, SALLE N° 3

Le Mercredi 9 Janvier 1878

A DEUX HEURES.

Par le ministère de M^e **CH. PILLET**, Commissaire-Priseur,
10, rue de la Grange-Batelière,

Assisté de **M. CHARLES MANNHEIM**, Expert, 7, rue Saint-Georges

Chez lesquels se trouve le Catalogue.

EXPOSITION PUBLIQUE : le Mardi 8 Janvier 1878,

DE UNE HEURE A CINQ HEURES

CONDITIONS DE LA VENTE

Elle sera faite au comptant.

Les adjudicataires payeront *cinq pour cent* en sus des en-
chères.

L'Exposition mettant le public à même de se rendre compte de
l'état des objets, il ne sera admis aucune réclamation une fois
l'adjudication prononcée.

Paris. — Typ. PILLET et DUMOULIN, 5, rue des Grands-Augustins.

DÉSIGNATION DES OBJETS

BIJOUX

1 — Grande croix et couronne appliquées sur un fond
rayonnant, en argent, enrichies de pierres précieuses :
diamants, rubis, émeraudes, saphirs, etc.

2 — Bracelet en corail sculpté monté en or, à feuillages émaillés vert.

3 — Quatre broches de même travail.

4 — Cachet en cornaline monté en argent ciselé et doré.

5 — Plaque de ceinturon en argent ciselé et doré du
temps de l'Empire.

6 — Bague en or avec chaton orné d'une intaille sur
sardoine orientale : figure de femme debout.

7 — Clef de montre en or et cornaline unie.

8 — Etui en vernis de Martin à fond vert décoré d'oiseaux.

9 — Tabatière en ancienne porcelaine de Saxe gaufrée et décorée de fleurs. Monture en or.

10 — Petite montre Louis XVI en or émaillé vert et pavée de demi-perles.

11 — Petite montre en or gravé et émaillé portant le nom de Bréguet.

12 — Montre très-plate à cuvette en or émaillé.

13 — Petite montre à spirale visible.

14 — Montre Louis XVI en or émaillé rouge entourée de demi-perles.

15 — Montre en or, enrichie d'un médaillon rapporté peint sur émail et représentant deux bustes en regard.

16 — Boîtier de montre du temps de Louis XIV en or ciselé et repercé à jour, incrustée de nacre et de cornaline.

17 — Boîte ronde en vernis de Martin à sujets marines dans le goût de Joseph Vernet.

18 — Petite croix en or et rubis. Époque Louis XIII.

19 — Dé ouvrant, en filigrane, et contenant un petit flacon.

20 — Deux pendants d'oreilles en argent et chrysolithes.

21 — Bague avec chaton émaillé enrichi de roses.

22 — Deux petites croix de col dont une en or.

23 — Petite couronne incrustée d'émeraudes et de rubis.

24 — Étui en jaspe vert monté en or.

25 — Deux boucles de souliers en argent et stras.

26 — Bijou pendentif avec croix en argent doré, enrichi de pierreries.

27 — Grande montre à double boîte en argent portant l'inscription suivante : *Achetée par le général Allin le 7 septembre 1812 sur le champ de bataille de la Moskowa.*

28 — Deux boîtes rondes, l'une en jaspe agate, l'autre en granit orbiculaire de Corse.

29 — Camée ovale gravé sur coquille ; groupe de quatre figures de style antique.

ORFÉVRERIE

30 — Grande soupière ovale en argent ciselé; le bouton
est formé d'un chou. Époque Louis XVI. Avec écrin.

31 — Deux portes de tabernacle, en argent, ornées de pi-
lastres et enrichies de deux repoussés sur argent représentant des sujets religieux.

32 — Grand vidrecome en forme de vase à couvercle, en
argent repoussé à médaillons de paysages, mascarons
et ornements.

33 — Plat ovale en argent repoussé, offrant au centre le
sujet du triomphe d'Amphitrite et au bord des fleurs
et des feuillages.

34 — Service à café de travail oriental, en filigrane d'argent, composé d'un plateau, d'une cafetière et six
porte-tasses.

35 — Jardinière de suspension garnie de trois chaînes en
filigrane d'argent. Travail oriental.

36 — Brûle-parfums en forme de cassolette à trépied en
argent ciselé reposant sur un socle cannelé à ressauts.
Époque Louis XVI.

37 — Porte-huilier Louis XV en argent.

38 — Petite coupe ovale en argent repoussé à fleurs et ornements et garnie de deux petites anses plates ornées de figures de génies.

39 — Petite coupe ovale à contours en argent, surmontée d'une figurine de guerrier debout.

40 — Paire de mouchettes et son plateau en argent. Époque Louis XV.

41 — Deux gerbes d'épis et de fleurs en argent repoussé : xviiie siècle.

42 — Agneau pascal en argent repoussé. xviiie siècle.

43 — Tête de chérubin en argent repoussé. xviiie siècle.

44 — Sucrier en forme de boîte ovale, en argent repoussé.

45 — Trois figures d'appliques en argent repoussé.

46 — Couvert en argent doré, composé d'une cuiller, une fourchette et un couteau.

47 — Un bout de table et deux salières Louis XVI en argent, ornés de festons de vigne.

48 — Deux salières ovales en argent ornées de figures de génies et de festons de fruits. Même époque.

49 — Deux petites salières Louis **XV** en argent, modèle à trépied.

50 — Six couverts, six couteaux et six cuillers à café en argent doré et niellé. Travail de Toula.

51 — Dix-huit couteaux de table, à lames d'acier et manches en porcelaine tendre à fond bleu turquoise et décor d'or, et dix-huit couteaux à dessert à lames en vermeil.

52 — Quatorze couteaux de table à manches en ancienne porcelaine de Chine à décors en émaux de la famille verte.

53 — Coffret rectangulaire en bois noir, garni d'appliques en argent repoussé à cariatides et ornements.

54 — Petit cadre ovale en argent ciselé et doré de style Louis **XVI**.

55 — Trois essais de médailles d'argent signées Borrel ; l'une d'elles frappée à l'occasion de l'hospitalité suisse de 1871.

56 — Cadran solaire avec boussole en argent niellé.

MINIATURES

57 — Grande miniature ovale sur ivoire par Augustin.
— Portrait de Mme Mainvielli-Fodor des Italiens.

58 — Miniature ronde sur ivoire. — Portrait de femme
coiffée d'un chapeau de paille. Époque Louis XVI.
Elle est montée sur une boîte ronde en écaille.

59 — Quatre médaillons ovales peints sur porcelaine de
Sèvres par L. B. Parant : Portraits de Napoléon Ier,
Jérôme Bonaparte, etc., peints à l'imitation de ca-
mées.

60 — Deux médaillons peints sur porcelaine par Aimée
Perlet. Portraits de femmes, l'un d'eux peint à l'imitation d'un camée.

61 — Deux miniatures par L. B. Parant. — Portraits de
femmes peints à l'imitation de camées.

62 — Miniature ronde sur ivoire, par Parant. — Portrait
de femme entourée de nuages.

63 — Grande miniature gouachée par L. B. Parant.
Portrait de la reine Hortense (?).

64 — Médaillon rond peint à l'huile et sur bois. — Portrait d'homme en costume du XVIe siècle.

65 — Miniature ovale. Portrait de jeune femme coiffée à la Ninon.

66 — Miniature ovale sur ivoire. Portrait de femme le sein découvert.

67 — Petite miniature ovale sur ivoire, signée Hermann. Portrait de Guillaume II, roi de Hollande.

68 — Miniature ovale sur ivoire. Portrait de Frédéric-Guillaume de Prusse.

69 — Miniature ovale sur ivoire. Portrait d'un prince impérial de Russie.

70 — Miniature ovale sur ivoire. Portrait de Guillaume II, roi de Hollande.

71 — Cinq fixés de forme ronde représentant des sujets variés. L'un d'eux est signé Le Prince.

72 — Quatre miniatures sur vélin, sujets religieux.

73-74 — Neuf miniatures. Portraits et sujets divers.

75 — Dessin à la mine de plomb. Portrait d'homme de profil.

76 — Miniature ovale sur vélin. Portrait de Louis **XIV**. Dans un cadre du temps de Louis **XVI** en bronze ciselé.

77 — Deux petites miniatures ovales sur ivoire. Portraits de souverains.

78-82 — Dix aquarelles et dessins à la sépia, par Blanchar, Bertrand, Duveau, Martin, Soriéul, Teichel, etc.

83-84 — Seize photographies. Vues instantanées, sujets militaires, marines, etc.

85 — Miniature rectangulaire sur vélin. Portrait de femme. Époque Louis **XV**.

ÉMAUX

86 — Médaillon rond représentant deux jeunes femmes couronnant l'Amour. Travail de Genève.

87 — Portrait d'homme peint sur émail et portant au revers la signature : L. d'Argent, 1786.

88 — Deux peintures sur émail de forme ovale, l'une d'elles représente Louis **XIV**.

89 — Cinq peintures sur émail. Sujet tirés de l'Ancien et du Nouveau Testament.

OBJETS VARIÉS

90 — Haut-relief en ivoire représentant un sujet tiré de l'histoire romaine. XVIIIᵉ siècle.

91 — Statuette en ivoire : joueur de cornemuse.

92 — Deux plaques d'aumônière en émail de Limoges, décorées de bustes en couleurs sur fond noir.

93 — Petit cadre Louis XIII, à moulures en bois noir et garniture en cuivre ciselé.

94 — Couteau persan pliant, à lame en damas.

95 — Garde d'épée en acier ciselé à sujets de batailles. Époque Louis XIV.

96 — Boucle en fer damasquiné d'or, à ornements et mascarons.

97 — Lampe d'église en métal argenté, à ornements rocaille.

98 — Tableau d'autel, avec cadre en bois sculpté et doré contenant trois peintures gréco-russes.

99 — Quatre petits bustes en bronze du temps de Louis XVI, sur socles en marbre blanc : Voltaire, Rousseau, etc.

100 — Deux cadres à moulures de glaces, garnis d'ornements de cuivre; l'un d'eux contient une peinture sur cuivre et l'autre une feuille de missel.

101 — Deux pièces : Plaque en cuivre repoussé représentant la crèche et tableau avec cadre doré.

102 — Coffret oblong en bois noir garni en cuivre.

103 — Encrier en marqueterie de cuivre et écaille garni de bronze.

104 — Deux flambeaux de style Louis XVI en cuivre doré au mat, à tige et base de forme carrée.

105 — Petit lot de dentelle d'or.

106 — Chronographe de Rieussec dans sa boîte en acajou.

107 — Règle chinoise en bambou sculpté, à paysage et figures.

108 — Deux petits chenets Louis XV, en bronze, à ornements rocaille et vase.

109 — Petit tonnelet en cristal de roche gravé, avec support en argent émaillé composé de deux figurines d'hommes.

110 — Gobelet du temps de Louis XIV, en argent gravé.

111 — Petite boîte en forme de malle en argent, avec attaches dorées.

112 — Tabatière ovale en argent ciselé, dorée en partie.

113 — Collier en argent, garni d'une médaille de Jean-Georges de Saxe et de trois autres petites médailles.

114 — Parure normande en or découpé et strass.

115 — Deux médaillons en or, avec sujets découpés sur paillon.

116 — Deux pendants d'oreilles en or à attributs découpés se détachant sur un fond de paillon bleu.

117 — Six petites cassolettes et une boucle en argent.

118 — Deux vases en forme de balustre carré en porcelaine de Chine fond bleu, à décor d'or. Une partie du décor a été refaite.

RED. :

19

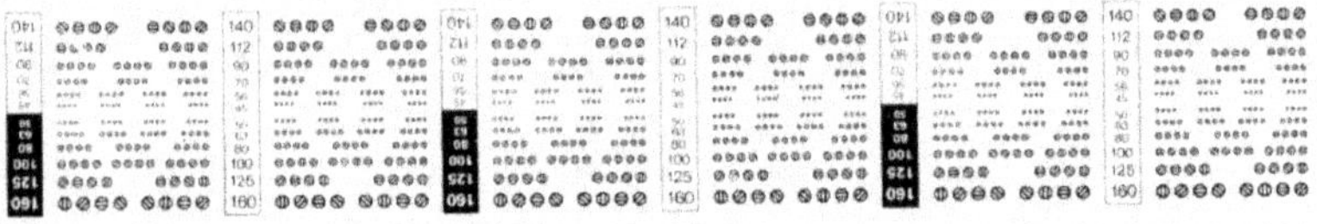

graphicom

0 1 2 3 4 5 6 7 8 9 10